LLEGA LA NOCHE

W. NIKOLA-LISA

ILUSTRADO POR JAMICHAEL HENTERLY

SCHOLASTIC INC.
New York Toronto London Auckland Sydney

Text copyright © 1991 by W. Nikola-Lisa.
Spanish translation copyright © 1993 by Scholastic Inc.
Illustrations copyright © 1991 by Jamichael Henterly.
All rights reserved. Published by Scholastic Inc.,
730 Broadway, New York, NY 10003,
by arrangement with Dutton Children's Books,
a division of Penguin Books USA Inc.
Printed in the U.S.A.
ISBN 0-590-46220-2
ISBN 0-590-29383-4 (meets NASTA specifications)

5 6 7 8 9 10   09   01 00 99

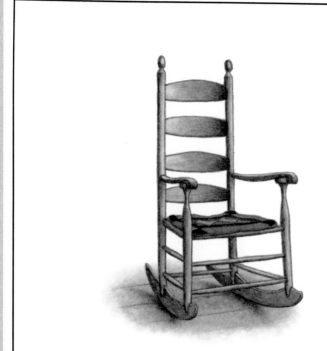

Para Dorothy E. y William H.

W. N.-L.

Para mis abuelos

J. H.

Llega la noche,
y entre el rumor
de los campos
de trigo del abuelo,
se oye el canto apagado
del dormilón.

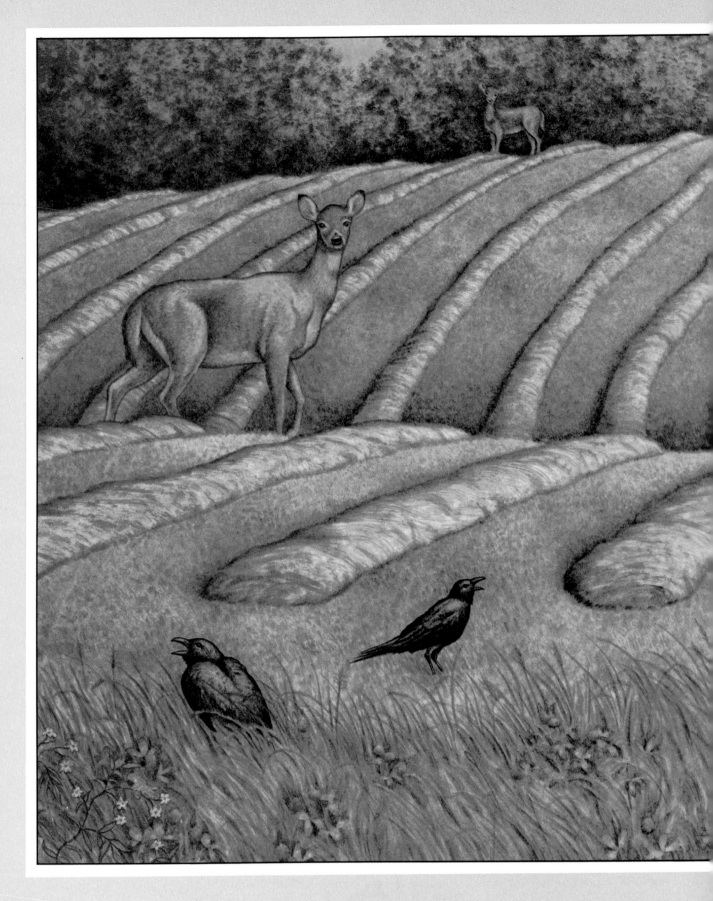

Afuera, en los campos, se siente el olor del trébol

junto con el aroma del heno recién cortado.

Y si no te mueves
y miras al cielo, en lo alto,
alcanzarás a ver
un halcón de cola roja
dando vueltas y vueltas
entre las nubes que se alejan.

Llega la noche,
y más allá del nogal del abuelo

se ve el sol, brillante como una linterna de calabaza.

Si cierras los ojos y escuchas,
oirás, resonando en la noche,
el clic clac del cencerro de Meche,
que va trayendo a las demás vacas.

En la charca del abuelo, donde crecen hierbas muy altas,

verás montañas que flotan al revés,
como barcos del color del atardecer.

Llega la noche,
y alrededor de la granja del abuelo,
entre las flores silvestres,
se oye el balido de los corderitos,
que se acurrucan, calentitos,
uno contra otro.

En el prado, donde se mece el maíz del abuelo,

verás un solitario espantapájaros saludando a la noche.

Y si vas por el caminito
que lleva a la granja del abuelo,
y llegas hasta el viejo y gastado porche,
verás al abuelo, esperando
y vigilando.

Yo también espero,
arrullada por la mecedora,
que cruje sobre el piso,
y refrescada por la brisa
que nos llega a través del sauce.

Llega la noche,
caminando a gatas por el bosque,

deslizándose por el valle,

apagando los sonidos del día.

Llega la noche.
Los pies descansan.

Llega la noche.
La tierra está en calma.

Llega la noche.
El corazón está en paz.

Llega la noche.

Llega.

Llegó.